LA LIBERTÉ

RANIMANT LES CENDRES

DE

GUILLAUME TELL

SUR LES MONTS HELVÉTIENS.

Poème

Par J. M. L. Augier.

Exoriare aliquis nostris ex ossibus ultor.

LYON.

IMPRIMERIE DE JÉROME PERRET,

RUE SAINT-DOMINIQUE, Nº 13.

1832.

LA LIBERTÉ

RANIMANT LES CENDRES

DE

GUILLAUME TELL

SUR LES MONTS HELVÉTIENS.

Poème

Par J. M. L. Augier.

Exoriare aliquis nostris ex ossibus ultor.

LYON.

IMPRIMERIE DE JÉROME PERRET,

RUE SAINT-DOMINIQUE, N° 13.

1832.

Préface.

La poésie est une des consolations que
le ciel a données à ces ames aimantes et
sensibles qu'il a jetées sur la terre pour les
abreuver de souffrances. Oui, la passion des
vers est innée dans le cœur de ces êtres
jeunes et infortunés qui n'apprennent leur
existence que par des sensations pénibles.
Que de poésie il y a dans l'ame d'un être

souffrant! Avez-vous étudié le peuple un
jour de révolution, un de ces jours où le
soleil brûle comme en juillet? C'est là qu'il
y a de la poésie. Avez-vous vu une de ces
physionomies passionnées, où la dignité de
l'homme, de la conscience sans reproches;
où la douceur, la grandeur d'ame, l'indi-
gnation, le mépris, l'ironie et tous les sen-
timens se peignent avec tant de force? Avez-
vous vu, dis-je, une de ces figures dont les
yeux enfantent la lumière et décèlent une
vie orageuse? C'est encore là qu'il y a de la
poésie. La poésie! comme elle transporte
l'ame du malheureux! Quel charme inexpri-
mable elle jette dans ce cœur brisé! Momens
délicieux, beaux rêves de ce songe pénible
et fatiguant qu'on nomme la vie! Regardez
tous ces siècles qui ont passé sur la terre et
qui tous ont eu leur idée; Rome et le monde
qui ont été; ces amas de ruines; le temps

qui y dort ; des hommes établis là dedans...
tout est dans ce mot, la poésie. Alors dans
cet âge où l'ame n'est pas avilie, lorsque
l'on croit encore à ce que l'on a dans le
cœur, le monde semble changé..... Alors,
saisi de cet enthousiasme que l'on prend
quelquefois pour du génie, on se croit poète.
Voici l'ouvrage d'un jeune homme. Hélas !
il est des noms magiques qu'il entend répé-
ter autour de lui sans pouvoir connaître ce
qu'ils ont fait.

Qu'ils sont heureux ceux qui ont des
moyens d'instruction et des livres ! Pour
moi, il y a sans doute témérité de ma part
à faire imprimer les misérables rimes qu'on
va lire. J'ai voulu faire des vers et être Français, rien de plus ni de moins. Si ce Poème
ne vaut rien, je ne m'en prendrai qu'à moi
qui devais le faire meilleur. S'il mérite des
applaudissemens, je viens en revendiquer

la part de celui qui m'a fait ce que je suis ; qui a été mon maître et toujours mon ami ; et qui n'eut, pour prix des soins qu'il m'a prodigués, que l'amitié et la reconnaissance d'un enfant qui n'avait que son cœur.

LA LIBERTÉ

RANIMANT LES CENDRES

DE GUILLAUME TELL

Sur les Monts Helvétiens.

C'était l'heure du soir et celle du silence,
Et le tocsin sonnait dans le monde et la France.
Terrible, pour venger les maux qu'il a soufferts,
Le peuple s'avançait en agitant ses fers ;
Et d'un trône abattu, la Seine épouvantée,
Emportait les débris dans son onde agitée.
L'airain grondait sur nous ; et le front teint de sang,
S'élevait dans les airs, le Louvre encor fumant.
Le peuple de Paris, en volant aux alarmes,
Peuple, quittait ses fers pour reprendre ses armes ;
Des ministres, des grands, se disputaient entre eux,
Le pain baigné des pleurs d'orphelins malheureux.
Et du Rhin, autrefois, la souveraine altière,
La France, de ses fils cette orgueilleuse mère ;
De son bras redoutable, appelant les combats,
Demandait à Varus un glaive et des soldats,
Le soleil se plongeait dans une nuit profonde,
Pour la retrouver libre et reine encor du monde.
Soleil ! astre divin, tu devais à ton tour
Ressusciter aussi vers le troisième jour !

Mais le peuple, du ciel consultant le présage,
Dans le ciel, disait-il, voyait plus d'un nuage ;
Et triste, s'écriait dans sa sombre douleur,
Puisse toujours la France ignorer le malheur !
   Ce peuple combattant contre la tyrannie,
Dans un ciel agité retrouvait sa patrie ;
De la France toujours, il fut l'emblème heureux
Ce ciel, qui prédisait des destins orageux.
   Cependant, le soleil sur la ville sanglante,
Lançait d'un disque éteint sa lumière mourante.
Le Louvre apparaissait encor roi dans les airs,
Son ombre s'étendit au loin sur l'univers.
De ce soir de juillet, marquant l'heure dernière,
Elle effraya ces rois ameutés sur la terre.
On vit dans le lointain, les mers la refléter,
Mouvante avec les flots, on la vit s'agiter ;
Sur le globe, elle allait cheminant, grande, immense,
Comme l'ombre du peuple ou celle de la France ;
Vers le Czar en sueur elle étendit ses bras ;
Et Moscou près de soi fit ranger des soldats.
Et la Seine parut, s'élevant en furie,
Chercher un autre cours pour venger sa patrie,
Pour renverser ce Louvre à la France inhérent ;
Si pesant sur son sol et lourd d'un poids de grand.
La Seine était sanglante, et les flots avec rage
Se roulaient dans son lit lassés de leur rivage.
Bientôt, l'ombre du soir, sur le ciel des tombeaux,
Se répandit au loin affreuse de tableaux.
L'horizon embrasé, dans son espace immense,
Se colora du feu qui consumait la France.
Et Paris, dans les airs, vit se cacher perdus,
Montmartre, ses cyprès, ses croix aux bras tendus.

La nuit vint : et son voile au Louvre encor propice,
Couvrit de noirs projets, de son ombre complice ;
D'un avenir douteux, Paris encor frémit
Et grondant courroucé le canon s'endormit.

Et sur nous il se tut.... Sa voix sombre et puissante,
Sur la tête des rois, expira menaçante....
De son timbre de mort, qui parcourait les airs,
Cette voix vint sur eux parler dans l'univers.
La Grèce, au front sacré, couronné de ruines,
Vers la France en tourna ses paupières chagrines.
La terre en fut émue, et d'un trône en éclats,
L'écho du Vatican répéta le fracas.
Rome, dans ses tombeaux dormant anéantie,
Hélas ! en souleva sa tête appesantie.
Long-temps, dans l'horizon, on entendit courir,
Cette voix courroucée et si lente à mourir.
Athènes se crut libre : Athènes désolée,
De joie en tressaillit et se crut consolée.
Le Danube en eut peur et le Rhin l'entendit ;
Dans l'Orient troublé l'horreur en retentit ;
Sous les frimats gisant, le front dans les ténèbres,
Le pôle dans la nuit rendit ses sons funèbres ;
Et l'écho glacial, du monde épouvanté,
S'effraya, dans les mers, de l'avoir répété.
Moscou dans la terreur, le monde dans l'attente,
Jetèrent sur Paris un regard d'épouvante ;
Souverains et sujets, Russe, Belge, Germain,
Tout s'émeut aux accens du tonnerre lointain.
De forfaits engraissés, tous les rois en frémirent,
D'un long mugissement les Alpes retentirent ;
Et du Nord au Midi, chez les peuples divers,
La terre s'ébranla frémissant de ses fers.

Oh ! ces peuples partout quelle voix les rallie ?
Pourquoi s'agite-t-elle encor cette Italie ?
Sur le Tibre a-t-on vu les Gaulois et Brennus,
Ou les rois s'enquérir des langes d'un Brutus ?
Est-ce encor un Tarquin que vomit cette terre,
Qui porte avec regret ce poids de sa misère ?
Et se réveille-t-il ce feu jadis inné,
Que, fidèle, garda son sein infortuné ?

Sur le sol généreux où Rome fut assise,
Qui de la liberté fut la terre promise;
Qui devait imposer tous ses dieux aux humains;
Sur ce sol où gît Rome, un peuple et ses destins,
Dans cette terre où dort l'Italie inhumée,
Où le ciel s'apaisait avec de la fumée;
Aujourd'hui malheureuse et que n'habitent plus,
Des ministres de paix, le Christ et ses vertus.
Là, de la ville reine, est la cendre mouvante,
Du volcan consumé la lave encor brûlante;
C'est là qu'il s'éteignit sur le monde ébranlé,
Sa bouche s'abreuva de ce sol écroulé.
C'est là, que le canon grondant aux barricades,
En parlant sur le ciel, vint troubler les peuplades.
Ce fut là, que mourant et près de succomber,
Qu'envoyé de Paris, un boulet vint tomber.
Là, sous un ciel lointain, ce message de guerre
Surprit la liberté veillant sur le cratère.
Le Temps était près d'elle, assis sur un tombeau;
Et de l'âge terrible il tenait le marteau;
Il semblait s'apprêter, et de sa main osseuse,
Dans ses doigts desséchés serrer cette arme affreuse.
Sur les palais des grands son regard se penchait;
Ce n'était point alors le pauvre qu'il cherchait.

D'un sinistre dessein, son ame alors frappée,
De quelques grands projets semblait préoccupée.
Et de la République, encor pour l'ennemi,
Reposait à ses pieds le boulet endormi.
  Au bruit sourd, que rendit la terre en Italie ;
Mais que comprenaient bien les fils de la patrie.
A ce bruit confident du signal de leurs coups,
Qu'entr'eux, se transmettaient les peuples en courroux.
La liberté se lève et le bras sur un trône ;
Elle prête l'oreille, au fracas qui l'étonne.
La déesse, en la nuit qui couvrait l'horizon,
Sur la France aperçut les éclairs du canon.
Elle voit cette ville, où son peuple commande,
Et que la Seine alors réfléchissait si grande,
Dans le monde embrasé, qui se couvrait de camps,
Le sol belge orgueilleux et blanchi d'ossemens.
Joyeuse, elle aperçut, pour briser les couronnes,
Des bras jeunes encor se porter sur les trônes,
D'un pôle à l'autre enfin, levés au nom des lois,
Les peuples s'avancer, pour détrôner les rois.
Elle voit le Vésuve, et son grand cœur d'avance,
Tressaillit d'y trouver l'image de la France ;
Cette France où des fils lui tendaient en mourant
Ces bras nus de Français, nés pour donner du sang .
Oh ! la France elle était si belle tout en armes,
Déesse, pour tes yeux, elle avait bien de charmes !
Son drapeau plein de vie et de boulets criblé,
Fottait avec plaisir, dans son ciel ébranlé,
Et dans un horizon de gloire et de fumée,
Blattait les airs brûlans de la patrie armée.
La Seine regardant l'étendard glorieux,
Hélas ! avec ses fils le voyait vers les cieux.

Ce jour, à leur destin il reparut fidèle,
Orgueilleux de lever une tête rebelle,
Les peuples l'adoraient, et les dieux en émoi,
Le voyaient auprès d'eux, flotter avec effroi.

Seule, quand tout veillait, la paisible Helvétie,
Au delà de ses monts gisait ensevelie,
Et seule, cette nuit, laissant dormir le fer,
N'avait point respiré la révolte dans l'air.

L'univers était calme, et de Paris encore,
On entendait flotter le drapeau tricolore;
Mais le ciel révolté, d'éclairs se sillonnait,
Et dans les airs émus le canon bourdonnait.
Sa voix, sa voix lointaine, apportant l'épouvante,
Dans les Alpes courait longue et retentissante,
Et d'un roi fugitif, escorté de soldats,
Dans le monde agité l'on entendait les pas.....
Le monde, suspendu, penché sur les abîmes,
Dans l'espace pesait, lourd de rois et de crimes,
Avec peine porté, par les airs las de lui;
Dans la nuit il traçait son cercle sans appui.
Plus loin dans le chaos, la face sans lumière,
Semblant à l'horizon l'astre d'un cimetière:
La lune de la Suisse éclairait les glaçons,
Et là-bas se levait pâle au dessus des monts.
Par les eaux en amas, sa lueur reflétée,
Rendait de tant de deuil la nature attristée,
Et son disque au delà des Alpes en monceaux,
Lugubre, paraissait brûler sur des tombeaux.

Ce fut dans le ciel noir de cette nuit horrible,
Qu'apparut sur ces monts, effrayante et terrible,
La liberté brisant des serpens sous ses pas,
Appelant, sur le Rhin, les peuples aux combats.

Un poignard enfoncé sortait de sa poitrine,
Oublié dans ce sein par la main assassine.
Celle qui de ce coup dirigea la fureur,
Hélas! connaissait bien le chemin de son cœur.
La déesse était triste et semblait abattue,
Par un pouvoir secret elle paraissait mue.
Un flambeau, dans sa main, sombre, éclairait les airs;
Il brûlait de ce feu dont brûlait l'univers.
Ondoyante en flambant, dans la Suisse blanchâtre,
Sa lumière jetait une teinte jaunâtre.
De la Vistule au loin il éclaira le bord,
Pour elle brûlait-il de sa lueur de mort?
On voyait dans l'azur des yeux de la déesse
Se réfléchir du ciel la teinte et la tristesse.
Minés d'un feu secret, hélas? ces yeux meurtris
Se roulaient dans le sang et regardaient Paris...
Ce cœur était si gros de maux et de souffrance!
Il se serrait si fort à l'aspect de la France!
    La Liberté! sur nous alors parut pleurer;
Je ne sais, l'avenir paraissait l'attérer.
Dans ses croix, elle vit la Pologne veilleuse,
La Pologne, du Nord la grande moissonneuse;
Hélas! comme le Temps, l'ange exterminateur,
Sur sa faux appuyée, elle était, l'œil rêveur [2].
Traînant son grand suaire elle vit Varsovie;
Si loin, ils dormiront dans cette Sibérie....
Oh! sur eux, éloignés de la France, leur sœur,
Cette terre accablante oppressera leur cœur,
Frères!.... Dans ce moment, avec des cris de rage,
La déesse, en ses mains, se cacha le visage.
Puis abaissant ses yeux, sur la neige et les monts,
Elle aperçut d'Uri le lac et les glaçons.

Le Saint-Gothard ce môle, à la tête gelée,
Se dressait dans le fond, assis sur la vallée;
Et de son flanc neigeux, de fleuves toujours plein,
Déja grands, s'écoulaient le Rhône avec le Rhin.
  Là, quand le jour décline et quand le temps est sombre,
Là, d'un Napoléon n'erre point la grande ombre.
Dans ce vallon troublé, de marches et de pas,
Il ne fait point la nuit manœuvrer des soldats.
On n'entend point sa voix, majestueuse et fière, ·
Dénombrer leurs essaims cheminant sur la terre.
Seul, le pâtre inconnu dans ce désert gelé;
Veille, ceint de frimas, sur le roc isolé.
Là, dans les eaux du lac croît la sombre chapelle,
Où vit, humain et pauvre, un prêtre sans querelle.
On dirait : en voyant ce clocher sur les eaux,
Un jonc seul et debout, réfléchi par les flots.
C'est dans ce sanctuaire où le Dieu saint réside
Que le pauvre oublié lève un front moins timide;
C'est là qu'il vient bénir le nom de l'Éternel,
Lorsque l'astre s'éteint ou qu'il remonte au ciel.
Là, jamais du Seigneur le prêtre de clémence
Ne fit à l'Évangile expliquer la vengeance;
Jamais il ne maudit les enfans du hameau,
Partant pour les combats et promis au tombeau.
Là ne repose point l'ambitieux qu'on loue,
Grand de s'être agrandi, d'air, d'espace et de boue,
Non, sous ce ciel si pur aucun méchant ne dort,
Car le ciel du méchant est sombre après la mort.
  O Tell! libérateur de la sage Helvétie,
Est-ce ici que tu dors, vengeur de la patrie?
Ce ciel a-t-il reçu tes soupirs immortels ?
Ton cœur eut ses vertus et n'eut pas ses autels!

Ce ciel, de tes regards est-il dépositaire?
Ton œil, en le fixant, ferma-t-il la paupière?
A ses bontés, du moins, Tell as-tu, par des vœux,
De la Suisse légué les enfans malheureux?
Ah! oui, c'est bien celui sous lequel tu sommeilles,
Il est si beau.... qu'un jour sous lui tu te réveilles!
O Tell! oui, dors ici, comme l'astre au déclin,
Aujourd'hui s'est couché pour se lever demain.
La Suisse te devait cette tombe embellie:
Moi je dois de l'encens au dieu de la patrie.
Guillaume, dors ici; dors et repose en paix;
Que les pas d'un Gesler ne t'éveillent jamais!
Que la Suisse soit libre et ses destins prospères!
Dors! le sommeil est doux où reposent des frères.
De la chapelle alors qu'elle semblait chercher,
La Liberté bientôt découvrit le rocher.
Là, par le coq ravie une mêche embrasée,
Dans les flancs du vieux roc fut soudain déposée.
    O Tell! dit la déesse, allons, réveille-toi,
Tout dort autour de nous; viens, écoute et suis-moi.
    Elle dit, et soudain s'agitant sous la terre,
Le spectre à l'œil de feu, secouant son suaire,
Le regard effaré, de surprise béant,
Sur sa tombe se mit, assis sur son séant.
Dans cet instant, la lune en sortant d'un nuage,
Du triste et grand fantôme éclaira le visage;
Et lui vers la déesse, avec un air de deuil,
Tendit son bras veineux séché dans le cercueil.
Mais le bras décharné du spectre sans haleine,
Tissu d'os et de nerfs, s'étendit avec peine;
Et tous deux dans ces monts, serpentés par le Rhin,
Hélas! se dirent tout, en se serrant la main.

Alors Tell regarda le ciel, et la nuit sombre,
La flèche sur son arc, étincela dans l'ombre.
Ainsi sortit jadis du carquois du Seigneur
Celle qui d'Absalon avait percé le cœur ;
Qui traversa les reins d'Israël infidelle,
Du ciel venant chercher la victime rebelle,
Et le fantôme pâle, inquiet, dans l'ennui,
Vit le monde, ce lac, tant changés depuis lui.
Ici, c'était Uri, son assiette nouvelle,
Sur le rocher, dans l'onde, était une chapelle.
Dans ces champs des hameaux, et Guillaume surpris,
Contemplait, étonné, tout son siècle en débris.
Là, dans le sol béante, une crevasse hideuse,
Du globe laissait voir la forme caverneuse.
Les effets convulsifs et les crises partout,
De la nature aussi qui cède et se dissout.
Plus loin, des monts tombés sur la terre ébranlée :
Là, le temps qui passait déplaça la vallée,
La liberté sourit de l'homme qui, chagrin,
Y retrouvait la mort, triste de cette fin.
    Vois, dit-elle, ô mon fils ! la terre est insurgée,
Elle appartient à tous, des rois l'ont partagée.
En souffrances égaux, égaux devant sa loi,
Dieu créa des mortels, aucun d'eux n'était roi.
S'il en est, leur pouvoir n'est point celui du crime ;
Qui règne citoyen, est tyran s'il opprime.
Les rois n'ont de sujets que leurs égaux vaincus,
Les peuples ont appris à ne les craindre plus.
Les peuples, à cette heure, en cet instant d'alarmes,
Sur la terre, levés, sont tous debout en armes.
Prête l'oreille, écoute, en brûlant sur le ciel,
Rouler dans l'Occident ce feu continuel.

N'entends-tu pas l'airain en Pologne qui gronde,
Les peuples révoltés combattent sur le monde.
Le monde! que lui fait le glaive de ces rois,
Pour sa marche que sont des traités et des lois ?
Des astres dans les cieux, des hommes sur la terre;
Qu'importe sur le globe et la paix et la guerre.
Pour lui tout est usé, même l'air son soutien;
Abusé trop long-temps, il ne croit plus à rien.
Mon fils, tout l'a trompé... les destins et la France,
Le peuple, l'avenir; lui, voila sa croyance.
Ce qu'il veut, c'est marcher... ce qu'il veut être... tout,
Excepté ce qu'il est, que tout reste debout...
Laissons les cœurs usés, énervés par le crime,
Calculateurs mesquins, s'effrayer de l'abîme.
Oh! oui, pour l'Éternel qui tient compte du moi,
Leur être sur le globe est sans doute une loi !
Laissons-les... ils ont peur de tout... de ce langage,
Laissons notre avenir étonner leur courage;
Leur esprit rétréci n'ose le pénétrer,
Rien de noble, de grand, chez eux ne peut entrer.
Oui.... sur nous, qu'avec nous, tout s'abîme et périsse;
Cela n'est rien, il faut que le jour s'accomplisse.
Le monde, c'est l'amas des siècles écroulés,
Sur lui, peuples, tombeaux, se sont renouvelés.
Chaque âge de ses morts, doit former une couche;
Toi Guillaume, ton cœur aussi s'en effarouche.
Oui... cette terre est d'os, son centre en est aussi;
Empires, tout est là.... le temps a tout durci,
Et tout dort... sous nos pieds sont des mondes, des villes.
Mon fils, il n'y faut voir que des engrais fertiles.
Oui... des âges couchés, d'un long sommeil épris;
Un monde, des mortels germent dans ces débris.

Squelettes animés, la mort dans la poitrine,
Ils se lèvent... ils vont, tout marche et tout chemine ;
Ils parlent de grandeur, d'avenir et de lois ;
Ils font la guerre, encor tout s'éclipse à la fois.
Mais, qu'un mortel utile ait étonné ses frères,
Le monde s'agrandit, d'horizon, de lumières.
Ce que tu vois, ces champs bientôt ne seront plus ;
Et des hommes encor marcheront là-dessus.
Et la face du globe ainsi se renouvelle....
C'est là ce qu'aujourd'hui notre âge nous rappelle.
Le monde avec travail cherche ce qu'il sera ;
Mais qu'importe sur lui le mont qui roulera.
Tourmenté d'avenir, il regarde en arrière,
Il veut être mon fils, mais d'une autre manière.
Par les temps attendu, notre siècle aujourd'hui,
D'aucun ne veut tenir, et ne sera que lui.
Tu connais ces mortels républicains sauvages,
Que le ciel avait faits trop grands pour être sages ;
Réformateurs zélés, sans doute vertueux :
Qui comprirent si mal ce qu'on attendait d'eux.
La licence a, mon fils, aussi son despotisme,
La vertu son erreur, le bien son fanatisme,
Ils ne surent toujours qu'imiter les Romains ;
Tout seuls ne pouvaient-ils être républicains ?
Ils devaient n'être qu'eux ; la loi la plus auguste,
La seule, est d'être humain et toujours d'être juste.
Le monde, en ces héros, honorant des Français,
Avoua leurs vertus et flétrit leurs forfaits.
Mais, pour le ciel qui veut et qui n'entend rien autre,
Cet âge était marqué, pour préparer le nôtre ;
Et le monde eut besoin de ces hommes de feu ;
Pour sortir du sommeil et se mouvoir un peu.

Ce sont ceux, que le ciel en prophètes envoie,
Pour préparer au loin les sentiers et la voie.
Croupi dans l'esclavage ; et frappé de torpeur,
La terre n'osait voir et tout lui faisait peur....
Dans sa marche pressé par cet âge rebelle,
Sur le globe tout prit une face nouvelle ;
Tout à pas de géant parut nous signaler,
Un siècle : de quel nom vais-je ici l'appeler ?
Regarde, le voilà dressant sa tête altière,
Des âges féodaux secouant la poussière,
Son bras saisit partout : et dans la nuit des temps,
A son regard ; on voit qu'il a dormi long-temps,
Mystère de terreur, de gloire et d'épouvante,
Les rois à son aspect sécheront dans l'attente.
Fils de la République, il marche dans le ciel,
Et porte sur son front le sceau de l'Eternel.
Guillaume ! le voila qui s'assied sur le Louvre ;
A son œil qui jouit l'Europe se découvre.
A la terrible France il montre le chemin,
Il l'appelle sa sœur et la tient par la main.
    Mais ce siècle, à ses yeux, quelle est l'ère qui s'ouvre,
Et dans notre avenir qu'est-ce donc qu'il découvre ?
Des âges ; que le monde a cru devoir louer,
La gloire ; c'est là tout ce qu'il veut avouer.....
Oui Tell, tout va changer : voici l'heure dernière
Qui doit renouveler l'air, le ciel, et la terre.
Se rappelant Tarquin, le temps va de sa faux,
Sur ce globe trop vieux niveler les pavots.
Vois les vents embrasés des rives de la Seine ;
Commencer à souffler le feu de leur haleine,
Se chercher dans le pôle et s'appeler entr'eux,
Sur l'univers chargé d'élémens sulfureux.

Tout paraît s'apprêter, pour un réveil terrible,
Tout est calme, tout dort, sur la terre paisible.
Siècle! voici le jour que les cieux t'ont promis,
O mort! rappelle-toi des peuples tes amis!....

   Mon fils, vois près de nous, et vers nous refoulée,
L'Autriche, en ces frimas à nos pieds déroulée;
Le Nord va l'envahir, et pour le repousser,
A la mer de Tyrrhène elle veut s'adosser.
Là, sa main qui tâtonne et qui cherche à se prendre,
Se promène la nuit, dans ce ciel, pour s'étendre.
L'aigle noire bientôt va quitter le Tyrol,
La voila; qui s'ébat pour se donner le vol.
Lentement à grand bruit, son aile se déploie;
Elle rame dans l'air en courant à sa proie.
Guillaume! c'est ici la terre des volcans;
Le Vésuve calcine et travaille ses flancs,
Il traîne dans les airs, son obscure fumée,
Sur les mers on dirait une torche allumée.
C'est sa terre qui brûle en colorant les flots.
Sa flamme dans la nuit sert de phare aux vaisseaux.
Mais ce Vésuve, ô Tell, qu'à Naples on oublie,
N'est pas le seul volcan qui soit en Italie ³.
Vois le cap de Misène, aux cieux bleus et rêveurs,
Son sol ardent, sa mer aux voiles de pêcheurs;
Sur ce roc, chaque soir une ombre tourmentée,
Vient regarder les flots et la mer agitée;
Elle appelle la France en lui tendant les bras,
Regardant ce Toulon d'où viennent les soldats.
Ce fantôme est Brutus, voulant sa terre franche,
L'onde dessine au loin son ombre longue et blanche;
Et lorsque sur la côte on le voit cheminer,
Sa forme, dans les mers, semble se promener;

Il marche... elle le suit, et retentissant creuse,
La terre, sous ses pas, semble être caverneuse.
D'armes et de soldats, elle rend un bruit sourd,
D'orages, sur ces mers, le ciel s'abaisse lourd ;
La lave, dans ces flots, sommeille mal éteinte.
D'un Vésuve, mon fils, l'Italie est enceinte.
O, trempé d'avenir, ton pinceau Raphaël,
A-t-il passé, dis-moi, ses touches sur ce ciel ?
Comme il est orageux ! dans sa barque fragile,
Le pêcheur rentre au port, dans la mer de Sicile.
Là, les vents du Brésil ne sont plus en repos ;
La révolte, de France, y vient avec les flots.
L'Alcyon précurseur, voltigeant sur la plage,
A l'Amérique aussi semble annoncer l'orage ;
L'aspect de la nature est partout attristé,
Siècle ! sous quel auspice es-tu donc enfanté ?
O ton soleil, à toi, va-t-il être la foudre ?
Le monde sous nos pieds va-t-il donc se dissoudre ?
Tell ! du Nord au Midi, tout tend à s'affranchir,
Et sous la loi d'un seul aucun ne veut fléchir.
Dans l'Inde, dans Moscou, les peuples les plus fermes,
De révolte partout, tous contiennent des germes.
Le fer dicta les lois des despotes armés,
Il dicte les décrets des peuples opprimés.
Elle-même aujourd'hui l'Angleterre rebelle,
Prend un rôle nouveau, pour une ère nouvelle.
A changer, quand tout change il faut se résigner ;
Par le fer, sur le monde, on ne peut plus régner.
L'Angleterre avec sens quitte un règne impossible,
Mais que son avenir paraît sombre et terrible.
Comme la France aussi qui sut la dévancer,
Que des phases de sang elle doit traverser !

Contemple, dans ces champs de neige amoncelée,
La Pologne qui sort sa tête crénelée,
Sur son sol, sont épars des ossemens humains,
Vers le ciel elle élève une croix dans ses mains.
Mais de pleurs, ô mon fils, son visage se mouille,
La voila pour prier, hélas! qui s'agenouille.
Elle montre au Très-Haut, ses bras de fers chargés,
Les os de ses poignets, Guillaume, en sont rongés;
Là, pour des fils chéris, là, sur la grande pierre,
Personne qu'elle, hélas! la nuit n'est en prière.
O vous tous qui passez, contemplez sa douleur,
Frères! ayez pitié quelqu'instant de la sœur!
Les rois dans le chemin de leurs cris l'ont huée,
Mais d'elle on n'a point dit, c'est la prostituée.
Elle au moins, à ces rois, n'a pas tendu la main,
Pour se rassasier d'infamie et de pain.
Mon fils, sur les pavés, dans ces villes lointaines,
Tu l'entends, à grand bruit, qui promène ses chaînes,
Tu l'entends, qui soupire errante dans le Nord,
Sur le globe appelant la vengeance et la mort.
O que son ombre affreuse, et dans la nuit profonde,
Se promène en Europe et passe dans le monde;
Que sur la terre alors, rien ne puisse dormir,
Et que les rois, sur eux, la regardent venir!
Qu'en armes, à ses pas, tous les hommes arrivent!
Et que criant Moscou! tous les enfans la suivent!
Ce Moscou, le voila, de flammes lézardé,
O que ses murs noircis, de crouler ont tardé.
Mais quoi dans ses faubourgs notre Pologne passe,
Elle frappe au Kremlin qui s'enfuit et s'efface;
De son doigt, sur le Nord, elle écrit dans le ciel
L'arrêt de mort pour tous : Mane, Phares, Thécel,

C'est ici qu'autrefois, promenant la victoire,
La France s'arrêta, ne trouvant que sa gloire.
C'est ici qu'elle vint enterrer ses drapeaux,
Là, le sol sous ses pieds se couvrit de tombeaux.
Le despotisme là, du haut de ces montagnes,
Pèse affreux sur l'Europe, et mange nos campagnes;
C'est la Russie, aux monts dans le pôle perdus,
Sur les mers, elle tient ses longs bras étendus,
Semblables à des flots, dormant sous cette terre,
Que d'armes, de Français dans ce grand cimetière!
Ce grand corps qui vers lui, semble tout attirer,
La Russie est aussi près de se déchirer.
L'œil plongeant dans l'abîme, à ce pôle attrapée,
A la cîme du globe elle se tient groupée.
    Par ici, sur le monde, ont marché ces humains,
Que la terre envahie appelait les Germains;
Oui, des canons sont là, mais la France, elle entière,
Torrent gros de soldats, ah! la France est derrière!
C'est ici, qu'est la Prusse, au sol mal assuré,
Là le Rhin dans son lit coule trop resserré.
Son onde, vers Strasbourg, se courrouce et s'élance,
Elle semble à regret s'éloigner de la France.
Adieu fleuve, adieu Rhin; un jour dans ces climats,
Ton flot, libre et français, portera des soldats...
Adieu... Oui... Rhin, adieu. Va, vers ces cieux austères,
Des Gaulois retenus, va consoler les frères.
Dis-leur, que pour venger la Pologne et son sang,
Tous les peuples, un jour, se prendront en passant...
Que tous sans protocole et sans diplomatie
Viendront redemander la sœur à la Russie.
Par là, gît la Crimée; et plus loin, dans ce lieu,
Est la Grèce, aux débris à la teinte de feu.

C'est dans ce ciel si chaud, à l'haleine étouffante,
Que rouges sont les monts du golfe de Lépante.
Là, brûlante, éplorée, Athènes dans le fond,
Hélas ! semble essuyer la chaleur de son front.
Là, dans ses flots tiédis , Corinthe abandonnée,
De croix et de tombeaux s'élève couronnée.
O Tell, cette couronne , en trompant la douleur ,
C'est celle que donna le martyre au malheur.
Mais, coupés dans les airs et dans ce ciel bleuâtre,
Regarde ces croissans sur l'horizon grisâtre,
Tyr avec complaisance, encor sous son turban,
Montrant aux nations sa tête de Liban.
Aussi là, mon enfant, chaque état se soulève :
Sur ces côtes le ciel doit envoyer son glaive.
Amalec, quoi tes fils, aussi seront broyés ?
Tes hommes, Chanaan, en seront effrayés.
La révolte partout même en ce lieu servile !
Mais ce feu qui s'éteint fumant sur cette ville...
C'est le roi de Sidon ; Saint-Jean-d'Acre accablé,
Aux murs à bas, au front de boulets mutilé.
Là, l'Egypte et Stamboul, aux flèches de mosquées,
De l'esprit de révolte aussi sont attaquées.
Vois, les monts de Séir, dans les cieux d'Israel,
Jérusalem pleurant ses fils comme Rachel.
Mamhoud ! contre ces grecs de race indestructible,
Oh ! dis-moi, qu'as-tu fait de ton sabre terrible ?
D'où vient que ce pacha qui t'ose résister
Refuse avec hauteur, lui, de s'exécuter ?
C'est qu'on est revenu, mon fils, du fanatisme,
L'hérésie est aussi dans le mahométisme ;
Oui, le peuple a trop vu qu'où pèse un joug affreux,
Rois et religion sont tous d'accord entr'eux.

Il a connu ce bras qui, d'une nuit profonde,
Invisible et sans nom agissait dans le monde.
La France, aux nations le fit apercevoir,
Un jour que sur le globe il semblait se mouvoir.
Seule, la France alors, oubliant toute offense,
Des peuples asservis prit en main la défense,
Et première, encourant les menaces des rois,
A leur haine elle vint revendiquer ses droits.
C'est qu'elle avait alors, soudain comme enchantée,
D'un nouvel univers conçu la grande idée.
Oh! c'est qu'elle voulait, brisant le joug commun,
Les laisser tous choisir sans en imposer un.
Ne voulant point régner, la malheureuse France,
Crut se tout attacher par la reconnaissance;
Hélas! son nouveau nom sur la terre cité
Alors avec effroi jusqu'au ciel fut porté.
Mais cessant de jouer un rôle secondaire,
A son rang, dans le monde, on la vit la première
Sans que de son génie on sentit tout le prix,
Sans que son noble cœur d'une ame fut compris.
Triomphante ou vaincue, en tête toujours mise,
A ses phases, dès-lors, la terre fut soumise.
C'est elle, en l'univers, qui fait tout agiter;
Autour d'elle, en un mot, tout semble graviter.
Son bras fait tout mouvoir : du monde il est la vie;
Sa voix dans l'Occident est celle qui s'écrie.
Dans ce monde nouveau, dont elle est le soutien,
Quel rôle, mon enfant, à remplir que le sien!
C'est, en reine écoutée à l'Oder comme au Tibre,
De reconnaître tout ce qui veut être libre.
Pour les formes d'état, de n'en point désigner,
C'est ainsi que sur tous la France peut régner.

A tous , ayant donné la liberté , leur titre ,
De tous les différends elle sera l'arbitre.
Qu'il reconnaisse enfin , l'univers prévenu ,
Ce peuple généreux qu'il a trop méconnu !
Qui , seul , eût une idée ; heureux de son courage ,
S'il eût pu sous le ciel abolir l'esclavage.
Car il sut ce que c'est que de ronger un frein ,
Ce que c'est qu'être esclave et que d'avoir eu faim.
Son œil blanc et brûlé , ces bras aux larges veines ,
Te diront son Juillet , ses malheurs et ses peines.
Un jour, il apposa , pour la première fois ,
La barricade au feu , les peuples à leurs rois.
Gloire à ces citoyens descendus dans la rue !
Gloire soit à ton nom , peuple je te salue !
Peuple, de la banlieue à grands flots apporté ,
Viens , je veux couronner ton front de révolté !
Gloire, à ces fronts peinés , riant du feu de file ,
Contractés de douleur et parcourant la ville !
O France , ces enfans , si rêveurs de combats ,
T'avaient nommée , alors , la mère des soldats.
C'était ta mère , à toi , peuple de la patrie ,
Qui la conçois en cendre et jamais asservie ;
Toi , qui ne lui veux point de taches sur le front ,
Et qui chassa les rois imposés par affront.
Salut , peuple si bon , si grand dans la victoire ,
Toi , qui des frères morts sais garder la mémoire !
Oh ! ce soleil brûlant , tes lauriers , tes cyprès ,
Tout cela de ton cœur ne sortira jamais.
Non , tu n'oublîras point les trois jours de féries ,
Ni qu'en armes tu vins alors aux Tuileries.
Hélas ! à ces français , si bons , si généreux ,
On apporta des fers comme un bienfait des dieux :

Guillaume, on vit un jour des nations entières,
Accabler ces héros, combattant pour leurs frères.
Mais ce crime, le ciel n'a point su l'oublier,
Long-tems les nations auront à l'expier.
Un dieu, le leur apprend, par un sort bien rigide;
Ainsi le ciel, mon fils, punit le fratricide.
Mais, ô France, ces forts, dont ton sol est tout plein,
Comment sont-ils sortis, crénelés de ton sein ?
Dans ta terre comment se forme ces murailles,
Qui se rangent sur toi les pieds dans tes entrailles ?
Succombant aujourd'hui, le despotisme affreux,
Habile à la peupler de tant de malheureux,
Se roule sous ses pas, se débattant sans vie,
Et mord en frémissant cette terre ennemie.
Suffoqué de cet air, de ce ciel trop chargé,
Et mâchonnant le sang dont il s'était gorgé,
Contre un poids qui l'oppresse, en vain il se mutine,
Haletante, la mort râle dans sa poitrine.
Oui, France, monumens, tout sera renversé,
Jusqu'à ce que ton peuple, au chemin soit passé.
Mais cette terre aussi, contre les rois liguée,
D'enfanter des héros s'est-elle fatiguée ?
Las de vomir sa cendre et le cratère mort,
Sous son ciel embrasé le Vésuve s'endort;
France, le crime veille et tu dors sur ta foudre !
Toi, n'être plus la France, Oh ! qui peut t'en absoudre ;
Tu dors, et dans ce Louvre il compte tes soupirs,
Celui qui de tes maux égaya ses loisirs !
Mais qu'elle est cette tombe où tu mets ta couronne ?
Qui donc doit la porter, si ton front l'abandonne ?
Quels sont ces cœurs si chers, objets de tes douleurs ?
Pour qui sont ces tombeaux que tu couvres de fleurs ?

Reine ! pourquoi ce deuil et ces apprêts funestes,
Ah ! des derniers Français sont-ce les derniers restes !
Charles ! France ! Juillet ! où vont ces vieux guerriers,
Et pourquoi ces cyprès mêlés à des lauriers ?
Oh ! seule avec ta gloire, en ta douleur profonde,
France, viens-tu pleurer sur les débris du monde ?
Ecoutez, souverains ; vous peuples, ses enfans ;
Peuples, de sa tristesse écoutez les accens !
Que l'univers surpris, méconnaissant son maître,
Sur ses vieux fondemens, sente ébranler son être
Et de l'éternité, que traînant les lambeaux,
Usé, notre soleil brille dans les tombeaux.
Que cette heure soit celle où la France s'éveille,
O ! ne demandez plus si la Grande sommeille !
Les traités par les rois ont été déchirés,
Et les rois par la terre ont été dévorés.
France, les nations avec toi correspondent,
Ton pied frappe le globe... et les peuples répondent ;
Ah ! que vois-je ? ce bruit court pour les appeler !
Mais ils viennent du pôle, on les voit s'ébranler.
Ils sont en marche ; ô Tell, la terre en est couverte,
Halte ! leur dit la France ; et la masse est inerte ;
Sur les rives du Rhin tous se sont arrêtés,
La grande armée encor voit ses drapeaux plantés.
Entends-tu ce canon dont la voix est si fière ?
Rois ! tombez à genoux, la France est en colère,
Au peuple armé de fer, rois demandez pardon !
Et juillet s'est trouvé fidèle à son grand nom.
Et la terre orgueilleuse à ton chemin portée,
France ! a dit dans les airs, gloire à la révoltée !...
Tout est fini : le Tibre a trouvé son Brutus,
La Pologne un vengeur et le Rhin ses vertus.

Les voila tous levés, Ibères et Bataves,
Et de la Suisse encor les enfans sont esclaves!
Tell! Tell! réveille-toi, voici l'heure du fer,
Qu'as-tu fait de ce trait qui frappa les Gesler?
La Suisse sous leur joug est encore avilie,
C'est tarder trop long-temps à venger la patrie.
La patrie, ô mon fils, n'as-tu dans son danger,
Qu'un cœur pour la chérir sans bras pour la venger?
Le Tessin ¹ éveillé déja s'est fait justice ;
Il n'est donc qu'un canton de libre dans la Suisse!
Qu'on dise de juillet, le cœur d'injures plein,
Le peuple, ce mois-là, passa par le chemin.
Mais près de se choquer, dans le monde rebelle,
Se placent les soldats de la grande querelle.
Ecoute, en route, au loin, cheminer ces dragons,
Et ces chevaux peinés qui traînent des fourgons.
Les villes, de leurs pas, s'éveillent alarmées,
Sur la terre on entend la marche des armées.
Les peuples viennent tous, devant eux tout s'enfuit,
On les voit, dans le feu, manœuvrer dans la nuit.
Regarde, à l'horizon, la grande fusillade,
Sur la ligne courant, s'allumant par saccade.
Hélas! n'entend-on pas le canon sur le Rhin?
Que la Suisse soit libre et se réveille enfin!
Que demain, allumés et vus jusques au Tibre,
Les éclairs du canon demain la trouvent libre.
La foudre va, mon fils, briller sur les états,
Viens, c'est l'astre du peuple, il guidera nos pas...
  Elle dit : et soudain de la mèche enflammée,
Des flancs affreux du roc sa main elle sortit armée ;
Et sa voix qui courut sur la nappe des flots,
Des montagnes d'Uri frappa les grands échos.

Tous deux vers Neufchâtel dirigeant leur volée,
Passèrent sur le lac qui dort dans la vallée.
La mêche sous leurs pas sillonnait l'air de feu.
Dans les monts encaissé, le lac s'agita bleu.
Annonçant la tempête, en la nuit solitaire,
Son onde autour d'Uri se mouvait prisonnière.
Et le bateau pêcheur, seul, dans l'isolement,
Des ombres entendit passer le frôlement.
Le coq, poussant des cris et déployant son aile,
S'envola dans le Nord, porteur de' la nouvelle.
Et l'astre de Juillet, des flots de sa lumière,
De Montmartre dora le·front de cimetière.

O vous dont les boulets, fouillant dans ces remparts,
Sur ces murs ont écrit l'arrêt de Balthazard;
Vous, les seuls dieux à qui la France encor se voue,
Et qui gisez épars dans ce Paris de boue!
Orphelins allaités du malheur en naissant,
Est-ce vous dont les bras ont donné tant de sang?
Est-ce ici le tombeau, qu'en sa douleur amère,
A des fils éleva la France votre mère?
Oh! voyez, c'est ici qu'ils dorment étendus;
Ils dorment, c'est ici, pour ne s'éveiller plus.
Mais, comme ils sont groupés autour des Tuileries!
Ils passent, voyez-les, blancs dans les galeries.
Ils viennent voir ce Louvre au front toujours taché,
Et que le peuple n'a pas encore arraché.
Spectres infortunés, ils errent dans la ville,
Ils rôdent jour et nuit demandant un asile.
L'un deux, le fer en main, en songeant à Varus,
Semble de Foyatier fêter le Spartacus.
L'autre, jeune et souffrant, qui de le voir s'étonne,
De ses cyprès de mort lui tresse une couronne.

Traînant leurs corps sanglans, de coups endoloris,
Les voila, sans linceuls, avec leurs bras meurtris.
Passans, honorez tous le courage qui tombe,
Et vous saules, pleurez! qui penchez sur leur tombe!
Enfans! par des vertus, consolez leurs tombeaux;
Frères! qu'ils aimaient tant, déployez ces drapeaux!
Hélas! qu'un jour aussi telle fut leur prière,
Leurs bourreaux à leur tour soient en paix dans la terre!
  Vous aussi révoltés d'Altorf et d'Unterval,
Que notre exemple encor devait conseiller mal
Puissiez-vous être heureux! puisse un jour l'Helvétie,
Oublier qu'à des Grands elle fut asservie!
Non qu'on ne dise plus, chez les hommes nouveaux,
Que les rois dans son sein recrutent leurs bourreaux.
La Suisse, quand le crime est debout à ses portes;
La Suisse; en assassins changerait ses cohortes!
Non, tu ne vendras plus tes enfans aux Gesler,
Eux qui n'ont que de l'or et qui n'ont point de fer!
Amis; de leurs traités, vous devez vous défendre
Cette diplomatie est encore l'art de vendre;
Quand on a pu nous vaincre on cherche à nous duper,
Ainsi l'art vint jadis du besoin de tromper.
Enfans! se révolter pour résister au crime,
Est la religion du peuple qu'on opprime;
Ce culte il est sacré, sachons le vénérer;
Vous, Suisses, plus que tous vous devez l'honorer.
Ah! sur un front marqué, de ses peines humides,
Un peuple malheureux porte son fratricide.
Mais quand le coq chantait, vous, on ne vous vit pas,
Renier Varsovie au grand jour des combats.
O toi dont l'œil en vain de la Lithuanie,
Sur la France chercha le ciel d'une patrie;
Croyant voir ce sépulcre, ainsi qu'en d'autres temps.
S'ouvrir, pour recevoir encore tes ossemens;

Pologne ! à ce tombeau nos fils au jour terrible ,
Se souviendront qu'il n'est point de traité possible !
Et quand le fer en main à leur tour ils mourront ,
Tous les infortunés, ensemble dormiront......
Mais avant, il faudra que la France se lève ,
Et que le sang ligué repolisse son glaive ;
Alors, pour les parens de gloire et de malheur ,
La tombe sera douce et le repos meilleur.
Frères, par tant de maux, peut-être avec la France ,
Les peuples le seront un jour par la vengeance.
Oui, de ses fils heureux je revois les états ,
Ce sol dut n'enfanter jamais que des soldats !
Vaterloo ! champ de mort , terre des funérailles ,
Rends-nous-les ces canons cachés dans tes entrailles !
Que le Parthe frémisse , et revenant confus ,
Rapporte les drapeaux arrachés à Crassus.

NOTES.

[1] Qui ne sait que le 29 juillet 1830, les braves ouvriers de Paris combattaient les bras nus.

[2] On se rappelle d'avoir vu dans les journaux que la faulx était souvent la seule arme des héroïques défenseurs de la Pologne , et que cette arme anéantissait des régimens.

[3] Cette idée est trop belle pour m'appartenir. Elle est de notre Démosthène Lamarque, dans un de ses discours à la chambre des députés.

[4] Dès le premier mai 1830, la commune de Lugano avait donné le signal de l'insurrection.

www.ingramcontent.com/pod-product-compliance
Lightning Source LLC
Chambersburg PA
CBHW061606180626
46818CB00005B/1983